AF390308

LA PÉNITENTE

Nouvelle érotique

Écrit par
Léopold
von Sacher-Masoch

C'était jour de grande foire au chef-lieu du district. La vaste place était couverte de baraques formant des avenues et des rues, comme une seconde ville, pleine de vie, de mouvement et de bruit. Des milliers de gens circulaient sous le ciel bleu, par le soleil doré d'une belle et froide journée d'automne. Les paysans petits-russiens étaient venus avec leurs chariots attelés de trois chevaux, suivis d'un poulain, la cloche au cou. Parmi les pelisses en peau de mouton blanche et les foulards multicolores des paysannes, on apercevait les caftans noirs des juifs, les figures rusées des Arméniens, les sérieux Karaïtes aux longues barbes, et les Mennonites avec leurs cheveux blonds.

Des gentilshommes polonais, vêtus de redingotes à brandebourgs, traversaient lentement la foule dans leurs voitures. Çà et là de grandes dames en toilettes élégantes, de leur siège, souriaient et jouaient à plaire.

Ici on marchandait des chevaux fins et fougueux, là des bœufs magnifiques, de race hongroise, aux cornes en forme de lyre. Des paysannes admiraient des bijoux en faux corail, des perles de verre, des foulards aux teintes voyantes, des bottes en maroquin, de toutes couleurs, pendant que les enfants mordaient à belles dents dans le pain d'épice, et que les hommes se régalaient d'eau-de-vie.

Ceux qui manquaient d'argent s'acquittaient avec des produits agricoles. Il s'établissait une sorte d'échange, comme chez les trappeurs américains ou dans les bazars de l'Asie.

Des paysannes payaient un petit pot de fard ou un peigne avec quelques mesures de blé ou un certain nombre de peaux de brebis.

Au son de la grosse caisse, des écoliers, des servantes et des soldats s'élançaient sur les chevaux, les cygnes et les cerfs de bois, et tournaient tous dans un tourbillon vertigineux. Non loin de là, criaient des perroquets, devant la tente d'une ménagerie à l'aspect misérable, et deux athlètes, tout transis dans leurs maillots parsemés de paillettes d'or, exécutaient des tours variés.

Des juifs et des Tziganes faisaient entendre leurs mélodies sauvages auxquelles se mêlait le bruit assourdissant des trompettes et des tambours d'enfant, des flûtes et des petits violons.

Au milieu de cette foule et de ce vacarme, se promenait paisiblement un jeune homme habillé en bourgeois. C'était un étudiant nommé Roman Dorochenko, qui était venu passer quelques jours de vacances chez ses parents, de braves provinciaux.

Il avait le vrai type cosaque : grand, élancé, nerveux, les cheveux blonds coupés ras ; il portait haut sa jolie tête aux traits sévères et réguliers, et ses yeux au regard hardi lui donnaient un air fier et provocant. Il n'achetait rien, n'avait rien à vendre, et ne prêtait pas plus d'attention aux tigres et aux jongleurs qu'aux jolies femmes dans leurs toilettes parisiennes et aux filles de village avec leurs lourdes tresses.

Il marchait au milieu de tout ce monde, comme parmi les arbres morts d'une sombre forêt de sapins, et paraissait absorbé dans ses pensées.

Soudain un grand mouvement se produisit dans la foule compacte. Il se fit un silence que troublait seul le cri perçant des aras ; tout le monde s'écarta avec une sorte de respect et un léger frémissement.

Une apparition étrange, mystérieuse et surhumaine traversa lentement la large voie que formait cette multitude d'hommes. C'était une jeune femme d'une beauté énigmatique, diabolique et angélique à la fois. Elle était grande et forte ; son vêtement simple et de couleur sombre, retenu à la taille par une corde grossière, laissait voir son cou, sa nuque et ses bras magnifiques brûlés par le soleil. Elle marchait pieds nus, et la tête nue. Ses cheveux opulents, d'un blond rougeâtre, tombaient dénoués jusqu'à ses hanches. Sa belle tête, aux yeux candides, était courbée profondément et son dos ployait presque sous le poids d'une grande croix, grossièrement charpentée. Pourtant elle était aussi fière dans son abaissement, que touchante dans son mépris du monde. Tous la regardaient surpris ; quelques-uns faisaient le signe de la croix, mais personne n'osait lui adresser la parole.

Ce ne fut qu'à l'extrémité de la ville, arrivé aux dernières maisons, qu'une voix humaine résonna pour la première fois à son oreille.

Sur les marches d'une petite maison, nouvellement blanchie, une femme jeune et jolie se tenait debout, un petit bonnet sur la tête, se prélassant avec complaisance dans sa *kazabaïka* garnie de fourrure. Le poing sur la hanche, dans tout l'orgueil de sa vertu cruelle, elle lui jeta un regard moqueur et s'écria :

— Ah ! voyez la pécheresse, elle a flétri sa jeunesse dans la débauche, et maintenant qu'elle ne peut plus séduire personne, elle veut se réconcilier avec Dieu. C'est la flagellation qu'il te faudrait, Madeleine repentante, et si je t'avais sous la main, je t'aiderais bien à apaiser le ciel.

La pénitente leva la tête et sourit. C'était comme un remerciement muet, et ce sourire, empreint d'une pieuse satisfaction, la transfigura. Elle s'arrêta, laissa tomber lentement sa croix à terre, et, se rapprochant de la jeune femme, se jeta à genoux devant elle.

— Que me veux-tu ? demanda celle-ci.

— Je suis prête, répondit l'étrangère, laissant glisser son lourd vêtement de ses belles épaules aux chairs rosées, flagelle-moi.

La jeune femme cacha ses mains dans les manches doublées de fourrure de sa *kazabaïka* et se tut.

— Je t'en supplie, frappe-moi !

La fière vertu restait toujours muette et ne bougeait pas.

— Si tu ne veux pas me flageller, continua la pécheresse, foule-moi aux pieds, car je le mérite.

Elle se jeta sur les marches devant son juge, baissant la tête, la nuque inondée de sa chevelure sauvage.

La jeune femme, les dents serrées, la frappa à deux reprises du bout de son petit pied dédaigneux. D'un mouvement spontané, la pénitente, de ses deux mains, s'empara de ce pied, chaussé d'une pantoufle brodée d'or, et le pressa contre ses lèvres.

— Merci, murmura-t-elle, tu m'as fait du bien.

Elle se leva, remit sa lourde croix sur son épaule ; puis, triste et humble, continua son pèlerinage.

La jeune femme, devant la maisonnette blanche, couverte de vignes grimpantes dorées par le soleil, la suivit d'un regard étonné jusqu'à ce qu'elle eût disparu dans un nuage de poussière soulevé par le phaéton d'un riche juif.

Derrière la ville, la route montait et se perdait sur la hauteur, à travers une grande et épaisse forêt. Là, dans un fourré, caché derrière un mur noir de petits sapins, la pénitente s'était assise sur un tronc d'arbre, la tête appuyée sur ses deux mains. La croix reposait dans l'herbe devant elle.

Elle fut tirée brusquement de son anéantissement et parut se réveiller d'un rêve lourd et oppressant. Des pas précipités se rapprochaient, craquant sur les brindilles de sapin dont le sol était jonché. L'instant d'après, l'étudiant qui l'avait suivie, écartant les branches, parut à ses yeux.

L'étrangère tressaillit.

— Ne crains rien, dit le jeune homme, je ne suis pas ici pour me moquer de toi ou te juger. Tu me fais pitié et je ne puis te laisser partir, comme les autres, sans chercher à te venir en aide ou à t'être de quelque secours. Que puis-je faire pour toi ? Dis-le moi, et je le ferai de grand cœur.

La pénitente secoua la tête.

— Tu parais bien lasse ; tes forces sont épuisées, reprit-il. Tu ne peux continuer cette nuit ton pèlerinage, chargée de ton lourd fardeau. Viens ; je veux t'emmener dans la maison de mon père.

— Je te remercie, mais je la profanerais, répondit-elle doucement.

— Alors en quoi puis-je te soulager ?

— Tu es bon, répondit-elle, fixant sur lui le regard profond de ses yeux bleus d'enfant.

— Dis-moi ce que je pourrais te donner.

— De l'eau, une gorgée seulement. J'ai marché tout le jour, je meurs de soif, et n'ai plus la force d'aller à la recherche d'un puits.

Roman descendit à grandes enjambées la pente au bas de laquelle coulait une source limpide, et remplissant son bonnet d'eau, il la porta à la pauvre pécheresse, qui la huma à pleines gorgées.

— Que Dieu te récompense, dit-elle, puis elle retomba dans son anéantissement. Roman se coucha dans l'herbe à ses pieds et la contempla.

Tout d'un coup, elle tourna la tête vers lui.

— Ne me regarde pas, s'écria-t-elle, j'ai été une cause de péril pour plus d'un. Je pourrais te rendre malheureux comme les autres. Ne me regarde pas, va-t'en, va-t'en !

— Non, je reste.

— Je t'avertis une dernière fois.

— Oh ! moi, je n'ai pas peur.

— Que me veux-tu donc ? demanda-t-elle. Je suis une grande pécheresse. Ma vie est vouée à la pénitence ; si tu me connaissais comme Dieu me connaît, tu me cracherais au visage, et tu me repousserais loin de toi.

— Tu ne saurais être mauvaise avec ces yeux-là.

— Je l'ai été pourtant.

— Tu es malheureuse.

— Malheureuse ! oh ! oui, bien malheureuse ! mais j'ai été mauvaise, vicieuse et cruelle, et maintenant, je suis une réprouvée, les hommes me fuient comme la peste, et ils ont raison.

— Non, ils ont tort.

— Mais que sais-tu donc de moi ? dit la belle pécheresse avec un sourire amer et douloureux. Ah ! si je voulais parler.

— Parle donc.

Après un moment d'hésitation, elle dit :

— Soit ! Je suis la fille d'honnêtes gens. Mon père était garde-barrière dans un village, près de Kolomea. Mais moi, j'eus toujours le désir de monter plus haut.

« Déjà, tout enfant, quand j'écoutais les contes de fées que nous racontait ma mère, je rêvais au bonheur d'être une tsarine ou quelque belle sultane.

« J'avais seize ans, c'était par un jour d'hiver froid et lumineux. Une file joyeuse de traîneaux passa devant moi, au son d'une musique entraînante ; des chevaux fougueux emportaient de jolies femmes enveloppées de fourrures et accompagnées de galants cavaliers. Je les suivis des yeux jusqu'à ce qu'ils eussent disparu dans le lointain, se dessinant à l'horizon comme une volée de corbeaux noirs, et je me demandai : pourquoi ne peux-tu aussi glisser tes bras blancs dans de molles fourrures et t'étendre nonchalamment dans un traîneau doré ? Dieu ne t'a-t-il pas créée aussi belle que les autres ?

« Par une tiède nuit d'été, je me baignais dans l'étang voisin, caché au milieu de la forêt. La pleine lune paraissait à travers les rameaux et me montrait mon image se reflétant dans l'eau. Je me trouvai belle, et folle de vanité, je couvris de baiser mes bras et mes épaules.

« Quelques jours après, je cherchais des fraises dans la forêt. Un jeune couple s'avança vers moi. L'homme était grand et beau, la femme jeune, charmante et richement vêtue. Je savais qu'elle était la femme d'un autre, et, pourtant, ils s'embrassaient en secret dans la forêt. J'étais debout, cachée parmi les broussailles, et je retenais mon souffle.

« Oh ! comme ils s'embrassaient ! C'en était trop, j'étouffais. Je poussai un cri de biche blessée et m'enfuis en courant.

« La nuit même, je quittai secrètement la maison paternelle.

« J'arrivai dans la capitale ; là, au milieu de ce tourbillon brillant, je me sentais dans mon véritable élément. Je voyais la fortune devant moi, mais ne pouvais encore l'atteindre. Un jour, je me trouvai dans la rue, sans argent, tourmentée par la faim et grelottant de froid. Je m'arrêtai devant les vitrines illuminées, derrières lesquelles j'apercevais des bouteilles de champagne et des pâtés appétissants qui excitaient ma convoitise ; je me vis entourée de femmes élégantes, enveloppées douillettement dans leurs grandes pelisses.

« La nuit commençait à tomber, et je n'avais pas de lit. Je me mis à sangloter.

« Au même moment, une vieille femme, à l'air digne, s'approcha de moi ; elle m'emmena avec elle, me fit bien manger et boire. J'eus enfin la volupté de glisser mes bras nus dans les larges manches d'une molle fourrure.

« Cette femme me donna tout, et je lui vendis en échange mon corps et mon âme. Je me sentis heureuse jusqu'au jour où je fus blessée la première fois par l'aiguillon du mépris. Tout mon orgueil se révolta. Je devins mauvaise et méchante ; j'étais avide de sang : je me vengeai sur les hommes qui m'humiliaient et sur les femmes qui me fuyaient comme une réprouvée. Je savourais toutes les jouissances du mal avec une sorte de volupté. Je devins un démon pour ceux qui me désiraient et une brute pour ceux qui m'aimaient.

« Je triomphais quand je pouvais fouler aux pieds un homme follement amoureux de moi, et je le maltraitais comme un chien. Pourtant, Dieu m'a cherchée et m'a frappée au milieu de ma honte dorée.

« Je tombai malade : un verre de champagne glacé, bu après une danse folle, me mit entre la vie et la mort. Étendue sur ma couche, abandonnée, trahie et pillée par tous, je luttai pendant de longs jours contre la sinistre visiteuse. Une sœur de charité me soigna avec un amour tout chrétien.

« Elle sauva mon corps et mon âme.

« Dès que je fus rétablie, je vendis tout ce qui me restait de mon ancien luxe et en distribuai l'argent aux pauvres. Je pris cette croix sur mon épaule et j'essaie, en faisant mon pèlerinage à travers le monde, d'obtenir le pardon de Dieu. Me sera-t-il accordé ? Je ne sais.

Longtemps elle se tut, le jeune homme restait immobile à ses côtés :

— Mais toi, reprit-elle enfin, tu me connais maintenant, tu vas me mépriser. Méprise-moi, c'est mieux ainsi, poursuis ton chemin et laisse-moi continuer le mien.

Elle se leva et essaya de reprendre son lourd fardeau, mais ses membres fatigués s'y refusèrent.

À ce moment, Roman se leva et prit la lourde croix :

— Que fais-tu ? s'écria-t-elle effrayée.

— J'irai avec toi.

— Tu voudrais ?…

— Oui, je le veux…

— Tu voudrais… porter cette croix si lourde ?

— Oui, pour toi.

— Et pourquoi ?

— Parce que je t'aime !

www.grandsclassiques.com

ISBN ebook : 9782512008187

ISBN papier : 9782512009382

Dépôt légal : D/2018/12603/110

Couverture : © Hélène Massart